Soul of Rom

30 EINZIGARTIGE ERLEBNISSE

VON CAROLINA VINCENTI
FOTOS VON SOFIA BERNARDINI UND CLAIRE DE VIRIEU
MIT ILLUSTRATIONEN VON CLARA MARI

JONGLEZ VERLAG

Reiseführer

PIVS IX P M

„ES IST NUR EIN ROM
IN DER WELT, UND ICH BEFINDE
MICH HIER WIE DER FISCH
IM WASSER [...]“

GOETHE

Rom. Wissenswertes für die Reise

Rom zu erklären ist nicht einfach: zu viele Schichten, zu viel Historie, zu viele Denkmäler. Rom, die „Ewige Stadt", entzieht sich mit ihrer mächtigen, ja übermächtigen Vielfalt an Geschichten, Bildern, Erzählungen jeder allzu einfachen Katalogisierung. Deshalb haben wir uns in diesem Buch für eine andere Herangehensweise entschieden, die bewusst auslässt. Wir widmen uns stattdessen den Seelenfragmenten, die unserer Meinung nach der Vereinheitlichung entkommen sind, welche aus Globalisierung und Massentourismus resultiert.

Andererseits: Wie kann man das Geheimnis eines Ortes bewahren, der seit Jahrhunderten erforscht wird? Ausgehend von der Tatsache, dass keine andere Stadt in der Geschichte über 2500 Jahre eine so zentrale Rolle gespielt hat, haben wir das Rom der Gegenwart unter die Lupe genommen – auf der Suche nach charakteristischen Spuren, die sich auf ihren Plätzen und in ihren Häusern niedergeschlagen haben. Geleitet von unseren Herzen haben wir die Geschichte und die Geschichten dieser Flecken erzählt, ohne dabei lediglich Adressen aneinanderzureihen.

Rom war einst der Ort, an dem man seine Bildung erweiterte und dabei mit all jenen Lebenserfahrungen und Kenntnissen in Berührung kam, die wir Kultur nennen. Der Pilger suchte die Seele eines Ortes im Sakralen, der Laizist im Weltlichen. Und beide gerieten vor den alten Mauern, Kirchen und Palästen in Verzückung.

In Wahrheit liegt die Seele Roms jedoch gestern wie heute in ihren Widersprüchen. Rom ist die Stadt des Volkes und die Stadt des Bürgertums, stets üppig und generös: mit den Kolonnaden des Petersdoms, die sich wie Arme um die Kinder der Kirche legen, mit den Mäandern des Tibers, die die Kuppeln der Altstadt wie eine Mauer umschließen, und mit den verschlungenen Gassen rund um die Piazza Navona, ihr barockes „Wohnzimmer".

Als „magische und giftige" Stadt – in den Worten des Dichters Valerio Magrelli – zeigt sie sich auch uns heute in ihrer ganzen Größe und Dekadenz. Diesen idealen, von den Alten übrigens gepriesenen, Ort des Müßiggangs haben wir versucht, über Erlebnisse zu beschreiben, die seine Straßen und Gassen für uns bereithalten: wie ein Römer zu flanieren, sonnengeblendet auf einer Terrasse zu sitzen oder sich den Genüssen seiner Cafés hinzugeben, in denen die Einheimischen mit der Gleichgültigkeit jener Zeitung lesen, die viele Jahrhunderte durchlebt haben und wissen, dass alles vorübergeht.

Den Römern liegt vor ihrer Haustür die Küche der Welt zu Füßen. Noch lieber lassen sie sich jedoch von einer einfachen Carbonara in einer dunklen Gasse verführen oder von einer süßen Grattachecca in einem Kiosk am Tiberufer, wo wie vor 100 Jahren von Hand Eis von einem großen Block abgeschabt und mit frischem Obst verfeinert zum Kauf angeboten wird.

Die Vorstellung gefällt uns, dass die Orte, die wir in diesem Buch vorstellen, die Reisenden berühren und sie animieren, die authentischen Seiten Roms zu entdecken, kleine Inseln, auf denen man der vergangenen und der zukünftigen Seele der Stadt begegnet.

Carolina Vincenti

WAS SIE IN DIESEM REISEFÜHRER **NICHT FINDEN**

- Die Adresse des Kolosseums
- Die Haltestellen der Hop-on/Hop-off-Busse
- Die Touristen-Trattorias rund um den Trevi-Brunnen

WAS SIE IN DIESEM REISEFÜHRER **FINDEN**

- Ein Feinkostgeschäft, wo man aphrodisische Carbonara serviert bekommt
- Eine Bar für ein Glas Wein mit Einheimischen unter freiem Himmel
- Einen Tipp, wie Sie im Bett eines früheren Kardinals übernachten
- Wildkräuter aus der Campagna Romana
- Die Adresse des Barbiers von Caravaggio
- Die Vatikanischen Museen vor dem Ansturm der Massen
- Eine Fahrradtour auf der ältesten Straße der Welt
- Eine gut versteckte Speakeasy-Bar
- Die Socken für die römische Kurie

DIE SYMBOLE VON **„SOUL OF ROM“**

Unter
10 €

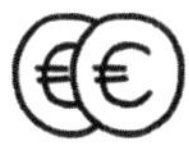

10
bis 40 €

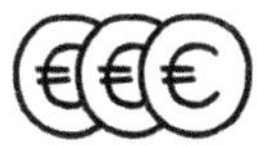

Über
40 €

Wer zuerst kommt,
mahlt zuerst

Unbedingt
reservieren

100 %
Rom

Informieren Sie sich zur Sicherheit vor dem Besuch der hier vorgestellten Orte im Internet über die aktuell geltenden Öffnungszeiten.

30 ERLEBNISSE

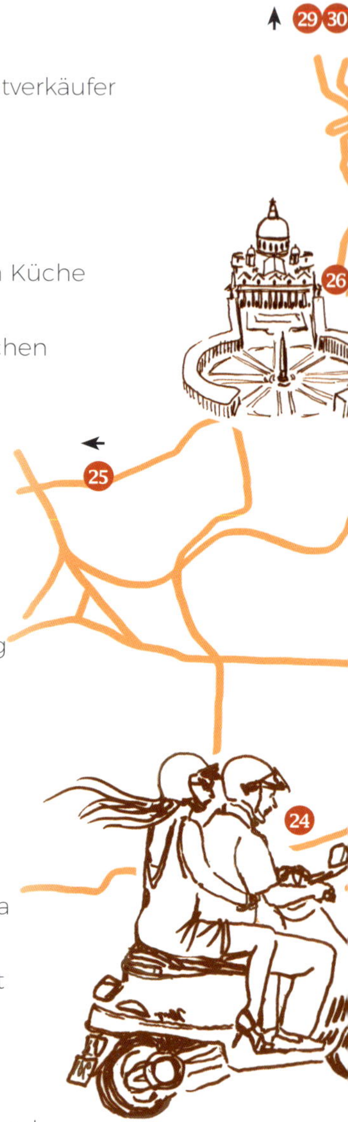

01. Schatzsuche auf einem Trödelmarkt für Privatverkäufer
02. Der Barbier von Caravaggio
03. Kleider wie aus *La Dolce Vita*
04. Schlafen in der schönsten Villa Roms
05. Eine Papeterie für Individualisten
06. Entdeckung der zeitgenössischen römischen Küche
07. Auf der Suche nach dem besten Eis Roms
08. Eine kleine Auszeit in einem außergewöhnlichen Stadtpalais
09. Der beste Kaffee Ihres Lebens
10. Wo der Papst seine Socken kauft
11. Eine traumhafte Rooftop-Bar
12. Mit einem Glas Wein in der Hand auf den Straßen Roms
13. Streetfood alla romana am Campo de' Fiori
14. Maritozzo, eine Unwiderstehliche Versuchung
15. Abendessen im Feinkostgeschäft
16. Die Trattoria deiner Träume
17. Einkaufen bei den besten Erzeugern der Campagna Romana
18. Italienische Canzoni in einem Park mit Blick auf Rom
19. Auf Du und Du mit den Engeln in der Basilika Santi Quattro Coronati
20. Mit dem Rad auf der ältesten Straße der Welt
21. Die beste Pizza der Stadt
22. Die perfekte Carbonara
23. Ein Keks wie eine Zeitreise
24. Ein Gefühl wie an einem Sonntag auf dem Land
25. Ein Bistro in einer Fischhandlung
26. Ein Vatikanbesuch ohne Touristen
27. *La Dolce Vita* im Schatten der Engelsburg
28. Das idealtypische römische Bistro
29. Ein Lauf unter Göttern
30. Ausflug zu einer der schönsten Villen Italiens

1
2
28
3
4
5
6
27
8
7
11
12
9
10
14
14
13
15
16
17
14
23
22
18
19
21
20

#01

SCHATZSUCHE AUF EINEM **TRÖDELMARKT FÜR PRIVATVERKÄUFER**

Nur wenige Hundert Meter von der Piazza del Popolo entfernt präsentiert sich der Flohmarkt Borghetto Flaminio oder „Rigattieri per Hobby" (*rigattiere* bedeutet Trödelhändler) als wahres Paradies für Sachensucher: Hierher bringen die wohlhabenden Hauptstadtbürger alles, was sie beim Ausmisten ihrer Schänke gefunden haben, und bieten diese Dinge sonntags auf einem gemieteten Tisch zum Verkauf an.

Und so findet man in sympathisch amateurhafter Atmosphäre allerlei Schätze, Vintage-Kleidung und manchmal sogar Designerstücke: von Krawatten oder Handtaschen großer Marken über Tisch- und Bettwäsche bis hin zu Manschettenknöpfen.

Die beiden Inhaber, Paolo Tinarelli und Enrico Quinto, haben im Laufe der Jahre eine der größten Sammlungen italienischer Kleidungsstücke der ausgehenden 1950er-Jahre zusammengetragen, denen sie im Rahmen von Wanderausstellungen, die rund um die Welt gezeigt werden, neues Leben einhauchen.

Das schöne Etrusker-Museum in der Villa Giulia liegt auch nur ein paar Minuten Fußweg entfernt.

RIGATTIERI PER HOBBY
PIAZZA DELLA MARINA 32

+39 06 5880 517

mercatidiroma.com/mercati-delle-pulci-e-vintage/111-borghetto-flaminio

Eintritt: 1,60 Euro

LE
BOSPHORE
FABRIQUE

mach1 RACING TEAM
SUPERCAR ENGINEERING
STP
Firestone
CIBIE

DER BARBIER
VON CARAVAGGIO

In Rom wimmelt es von Barbieren wie in einer Oper Rossinis. Manche sind jedoch spezieller als andere. Wir möchten Ihnen hier zwei vorstellen.

> SALA DA BARBA GENCO :

Der berühmte Maler Caravaggio, der wenige Schritte entfernt wohnte, soll sich am Fuße der Torre della Scimmia mit einem Friseurjungen geprügelt haben. Heute befindet sich an ebenjenem Ort die Sala da Barba Genco, einer der ältesten Friseursalons der Stadt. Neben einem klassischen Haarschnitt bietet Roberto, der Neffe des Gründers Silvano Rossi, seinen „Genco Shave“ an: 50 Minuten Glückseligkeit auf Basis erlesener Produkte wie Rosenwasser, Arganöl und Calendula-Creme.

SALA DA BARBA GENCO
VIA DEI PORTOGHESI 17

+39 06 686 9881 | gencosaladabarba.com

BARBIERE
17

THE ORIGINAL
BARBER'S
GIN
POND'S
ARECA NUT
TOOTH PASTE
C.P. POND
GRAINS D'EVIAN
MAW'S
INDIAN BETEL NUT OR ARECA
TOOTH PASTE
TEETH & GUMS
S. MAW, SON & THOMPSON
ALDERSGATE STREET
LONDON
ENGLAND

> GIUSEPPE CERRONI ACCONCIATORE :

Giuseppe Cerroni nimmt Kunden, die Italienisch sprechen, auf eine echte Zeitreise in die goldenen Jahre der Cinecittà mit. Nach seiner Lehrzeit bei dem Barbier von Dino de Laurentiis und der Friseurin von Silvana Mangano frisierte er meist Schauspieler und Regisseure der 1960er-Jahre: Ferreri, Comencini, Guttuso, Pasolini, Moravia (dessen Bart er, angesichts einer ungeduldig wartenden Elsa Morante, nie mehr als vier Minuten widmete) ...

Für seine Kunden hat Giuseppe aus dieser Zeit unzählige Anekdoten mitgebracht – und sein unnachahmliches Können. Eine seiner Spezialitäten ist die Kopfmassage in Verbindung mit einer Handpflege (bis zu den Unterarmen) und einer Fußpflege (bis zu den Knien).

GIUSEPPE CERRONI ACCONCIATORE
VIA GIAMBATTISTA VICO 44

+39 06 361 1465

#03

KLEIDER WIE
AUS *LA DOLCE VITA*

Viele mögen bei italienischer Mode zuerst an Mailand oder Neapel denken. Doch auch Rom hat in dieser Hinsicht einiges zu bieten. Hier finden Sie unzählige Möglichkeiten, sich ein zu 100 Prozent italienisches Outfit zusammenzustellen.

Bei Ripense, als bei APE Camiceria Artigianale oder Albertelli, wird alles perfekt nach Maß und nach klassischen Standards in Sachen Eleganz geschneidert. Kurzlebige Modeerscheinungen sucht man in der Ewigen Stadt vergebens.

FOTOS: SARTORIA RIPENSE

€€€

SARTORIA RIPENSE
VIA DI RIPETTA 38

+39 06 323 3727	info@sartoriaripense.com

W. Bill
PURE CAMELHAIR
COLLECTION

APE CAMICERIA ARTIGIANALE
VIA DI PALLACORDA, 1

+ 39 06 689 2401
facebook.com/apecamiceria

SARTORIA F. G. ALBERTELLI
VIA DEL PARLAMENTO 9B

+39 06 687 3793
fgalbertelli@hotmail.it

- VALERIO MAGRELLI -

DICHTER

Ist Rom heute noch poetisch?
Ja, ungewollt. Manchmal packt es mich beim Betrachten bestimmter Gebäude oder Straßen, in denen sich mir die jahrtausendealten Schichten der Stadt voller Wucht offenbaren. Dann frage ich mich: Wie ist es möglich, dass so viele verschiedene Personen so viel Schönheit erschaffen konnten, ohne sich untereinander abzustimmen? In Rom scheint sich die Stadtentwicklung manchmal auf kohärente und erforderliche Weise zu verselbständigen, mit derselben Autonomie wie ein botanisches Wunder.

Wo kann man denn die Seele der Stadt noch finden?
Man braucht nicht nostalgisch zu werden, auch wenn es natürlich schön ist, irgendwo auf ein kleines Geschäftzu stoßen, das den Ansturm von Irish Pubs und multinationalen Bekleidungskonzernen überlebt hat. Das historische Problem Roms liegt in seiner Misswirtschaft – und doch stellt man manchmal

überrascht fest, dass es noch Orte und Handlungsweisen gibt, die sich der brutalen Profitgier widersetzen. Diese erreichte ihren Höhepunkt im Übrigen schon mit den Wagenrennen im Circus Maximus. Man sollte heute wieder Löwen ins Kolosseum bringen, aber die damaligen Christen durch Entscheider aus der Verwaltung ersetzen ...

Ein poetisches Motto?

„Magisch und giftig": Diese Charakterisierung Roms aus dem Reisetagebuch von Jean-Paul Sartre fasst für mich das Gefühl der ebenso erhabenen wie hassenswerten jahrtausendealten Metropole perfekt zusammen. Nur wenigen ist es gelungen, das oxymorische, widersprüchliche, unabänderliche Wesen dieser Stadt so prägnant zum Ausdruck zu bringen, in der sich eine durch Jahrhunderte der Theokratie gebeugte Bevölkerung der schwindelerregenden Erhabenheit der Bauwerke gegenübersieht. Ich glaube, niemand kann die Römer mehr hassen als jemand, der in Rom geboren wurde.

Eine poetische Lektüre über die Stadt, die es wert ist, bekannt zu werden?

Italien hat einen großen Dichter hervorgebracht, der trotz der Bewunderung, die ihm durch einige seiner Zeitgenossen wie Goethe oder Stendhal zuteil wurde, kaum bekannt ist: Giuseppe Gioachino Belli. Seine Sonette sind absolute Meisterwerke des 19. Jahrhunderts. Belli war ein Dichter von Weltrang und vielleicht der einzige, dem es gelungen ist, derart vollständig mit der Stadt, in der er lebte und mit der ihn eine Hassliebe verband, zu verschmelzen. Ein materieller und metaphysischer Dichter, der vielleicht am ehesten mit dem Engländer John Donne zu vergleichen ist.

VILLA MEDICI
VIALE DELLA TRINITÀ DEI MONTI

Reservierung maximal vier Monate im Voraus ausschließlich per E-Mail an: standard@villamedici.it

Geben Sie an, dass Sie ein historisches Zimmer möchten. Die Villa bietet auch einfache Zimmer an, die deutlich günstiger sind.

#04

SCHLAFEN IN DER **SCHÖNSTEN VILLA ROMS**

Es ist eines der schönsten Geheimnisse der Ewigen Stadt: Die Villa Medici bietet eingeweihten Besuchern seit einigen Jahren das Privileg, vier historische Räume in den früheren Privatgemächern der Medici für Übernachtungen zu mieten.

Der Begriff „Privileg" ist hier wörtlich zu verstehen. Spätestens, wenn man die Villa nach dem Abendessen durch die kleine Tür innerhalb des großen Eingangsportals betritt, wird einem schlagartig bewusst, dass man hier gerade etwas ganz Besonderes erlebt. In nächtlicher Stille am oberen Ende der breiten Marmortreppe angekommen, breitet sich dem Gast zu Füßen der berühmte Garten aus …

Die vier Zimmer (je etwa 70 m^2 groß!) sind teils mit Fresken von Jacopo Zucchi aus dem 16. Jahrhundert, teils mit historischer Kassettendecke ausgestaltet und bieten entweder eine herrliche Aussicht über die Gärten oder ein 180-Grad-Panorama Roms. In einer der Suiten steht ein Flügel.

Doch Vorsicht: Die Zimmer bieten weder den Luxus noch den Service der großen Hotels. Das Badezimmer ist trotz der Badewanne eher bescheiden, und auch einen Fahrstuhl, Personal, das einem den Koffer nach oben trägt, oder Frühstück gibt es nicht. (Das ebenfalls in der Villa gelegene Caffè Colbert sorgt stilvoll für Abhilfe.)

FOTOS: ASSAF SHOSHAN FÜR DIE VILLA MEDICI

#05

EINE PAPETERIE **FÜR INDIVIDUALISTEN**

In einer der schönsten Straßen Roms bietet Federica ihren Kunden die Möglichkeit, hübsche Notizbücher zu einem günstigen Preis individuell zu gestalten.

Einfach aus Hunderten Papiersorten aus aller Welt (Recyclingpapier, Naturpapier, handgeschöpftes Papier …) das Material für Seiten und Umschlag sowie Bändchen oder anderes Zubehör auswählen – fertig!

Auch Einbände für Kalender, Hefte oder Bücher sowie ganze Fotoalben gestaltet Federica mit Hingabe.

CARTONNAGE LEGATORIA ARTISTICA DI FEDERICA MENDAIA
VIA DELL'ORSO 42

+39 06 6830 1495

legatoriartistica.com
info@federicamendaia.it

#06

ENTDECKUNG DER ZEITGENÖSSISCHEN **RÖMISCHEN KÜCHE**

In sehr gelungenem Dekor bietet Retrobottega erstklassige Küche, für die man sich mit unermüdlicher Sorgfalt auf die einwandfreie Qualität der Zutaten stützt. Die vor den Augen der Gäste zubereiteten Speisen wechseln wöchentlich.

Zwei einladende Tische vor dem Tresen, der die offene Küche vom Gastraum abtrennt, bieten Platz für jeweils bis zu zehn Personen.

Retrobottega verfügt zudem über ein Pasta-Atelier sowie eine Weinbar mit Produkten kleiner regionaler Erzeuger. Die Wildsalate auf der Speisekarte werden von den Mitarbeitern einmal wöchentlich selbst in der Campagna Romana, dem römischen Umland, geerntet.

FOTOS: RETROBOTTEGA

€€€

RETROBOTTEGA
VIA DELLA STELLETTA 4

retro-bottega.com

Pasta-Atelier: Retropasta
Via della Stelletta 4
+39 06 6813 6310

€

Weinbar: Enoteca Retrovino
Via d'Ascanio 26a

PASTA

#07

AUF DER SUCHE NACH
DEM BESTEN EIS ROMS

Lassen Sie sich nicht in die Irre führen: Eine lange Schlange muss in Rom kein Zeichen für gute Qualität sein. Um das beste Gelato der Stadt zu finden, kann es sich lohnen, die Spezialitäten folgender Eisdielen zu probieren: Baiser mit Schokolade und Fruchtsorbet von San Crispino, Tiramisù und Schokolade aus der Gelateria del Teatro, Pistazie von Otaleg (*gelato*, Eis, rückwärts gelesen) und aus der Gelateria dei Gracchi.

Wer draußen sitzen möchte, geht am besten zu Pica (großartiges Milchreis- und Walderdbeereis!) oder in den Palazzo del Freddo hinter der Piazza Vittorio, der uns mit seinem tollen 1930er-Jahre-Interieur begeistert.

GELATERIA DI SAN CRISPINO

Via della Panetteria 42
Piazza della Maddalena 3
ilgelatodisancrispino.com

GELATERIA DEI GRACCHI

Viale Regina Margherita 212
Via dei Gracchi 272
Via di Ripetta 261
gelateriadeigracchi.it

GELATERIA DEL TEATRO

Via dei Coronari 66
gelateriadelteatro.it

OTALEG

Via di S. Cosimato 14a
otaleg.com

PALAZZO DEL FREDDO GIOVANNI FASSI

Via Principe Eugenio 65
gelateriafassi.com

GELATERIA ALBERTO PICA

Via della Seggiola 12

#08

EINE KLEINE AUSZEIT **IN EINEM AUSSERGEWÖHNLICHEN STADTPALAIS**

Wenn die Menschenmassen in den Straßen, auf den Plätzen, in den Restaurants und in den Kirchen Roms anstrengend zu werden beginnen, haben wir für Ästheten und Freunde der Stille eine Lösung parat: Entfliehen Sie dem Trubel und nehmen Sie eine kleine Auszeit im Palazzo Altemps im Herzen der Stadt.

Interessanterweise ist der Palazzo trotz seiner prachtvollen Architektur und seiner hochkarätigen Sammlungen meist menschenleer.

Und so macht sich wahre Hochstimmung breit, während man sich mit einem Lächeln, vorbei an antiken Statuen, in die Loggia im ersten Stock begibt. Auf keinen Fall sollten Sie sich bei Ihrem Besuch den Großen Ludovisischen Schlachtsarkophag aus dem 3. Jahrhundert entgehen lassen!

PALAZZO ALTEMPS
PIAZZA DI SANT'APOLLINARE 46

museonazionaleromano.beniculturali.it | Eintritt: 10 €

Sant'Eustachio

il caffè

#09

DER BESTE KAFFEE **IHRES LEBENS**

Zugegeben, der fantastische italienische Kaffee ist kein Geheimnis. Aber möchten Sie mal den besten Kaffee Ihres Lebens probieren? Dann legen wir Ihnen das Sant'Eustachio ganz in der Nähe des Pantheons ans Herz!

Falls Sie anstehen müssen, nutzen Sie die Wartezeit, um die geschäftigen Baristas zu beobachten. Vielleicht fällt Ihnen auf, dass ihre Hände hinter der Kaffeemaschine durch eine Abdeckung vor neugierigen Blicken geschützt sind: Die Technik, nach der das Caffè Sant'Eustachio seine Spezialität, den *doppio cremoso* zubereitet, ist streng geheim. Ach ja, noch ein Hinweis: „cremoso“ bedeutet nicht etwa, dass bei diesem doppelten Espresso Milch oder Sahne im Spiel ist. Es besagt vielmehr, dass der Kaffee selbst derart außergewöhnlich ist, dass er beinahe einer Kaffeecreme gleicht ...

CAFFÈ SANT'EUSTACHIO
PIAZZA DI S. EUSTACHIO 82

+39 06 6880 2048

santeustachioilcaffe.it

KAFFEE TRINKEN IN ITALIEN: **EINE EINFÜHRUNG**

Cappuccino

CAPPUCCINO: Mischung aus Espresso, etwas heißer Milch und dichtem Milchschaum. Wird in Italien gern zum Frühstück oder vormittags getrunken – niemals jedoch nach dem Essen oder abends.

Caffè al vetro

CAFFÈ AL VETRO: Im Glas servierter Espresso. Das Auge trinkt mit.

Caffè ristretto

CAFFÈ RISTRETTO: Starker Espresso mit weniger Wasser.

Granita

GRANITA: Sizilianische Kaffeespezialität mit halbgefrorenem Eis. Obenauf sitzt eine Haube Schlagsahne. Perfekt für den Sommer.

Macchiato

MACCHIATO: Espresso mit einem Wölkchen aus kaltem Milchschaum.

Corretto

CORRETTO: Espresso mit einem kleinen Schuss Grappa (oder Sambuca).

Caffè schiumato

CAFFÈ SCHIUMATO: Espresso mit heißem Milchschaum.

#10

WO DER PAPST **SEINE SOCKEN KAUFT**

Die 1798 in Rom eröffnete Sartoria Gammarelli ist berühmt: Seit sechs Generationen wird in diesem Maßatelier kein Geringerer als der Papst eingekleidet. Neben Soutanen und anderen klerikalen Gewändern führt Gammarelli auch außergewöhnliche, hochwertig gefärbte Socken in seinem Angebot. Wir fragen nicht lange, lassen uns die Sockenfächer öffnen und wählen schlicht ein Paar in Purpur- oder Zinnoberrot. Sonst nichts. Wie der Papst.

Ideal für zu Hause oder als Geschenk für ausgewählte Freunde.

DITTA ANNIBALE GAMMARELLI
VIA DI SANTA CHIARA 34

+39 06 6880 1314

gammarelli.com

33

GAMMARELLI
SARTORIA PER ECCLESIASTICI

#11

EINE TRAUMHAFTE **ROOFTOP-BAR**

Wer einen der begehrten Plätze auf der wahrscheinlich schönsten Dachterrasse Roms ergattern möchte, sollte unbedingt vorher reservieren. Der Blick vom fünften Stock des Palazzo Pamphilj, oberhalb der Bibliothek von Papst Innozenz X., ist wirklich außergewöhnlich: Die Piazza Navona, die nur wenige Meter entfernt gelegene Chiesa Sant'Agnese in Agone des großen Architekten Borromini und die Dächer Roms bilden ein umwerfendes Panorama.

Aber Vorsicht: Die Preise bewegen sich in derselben Höhe wie die Bar.

FOTOS: TERRAZZA BORROMINI

TERRAZZA BORROMINI
VIA DI SANTA MARIA DELL'ANIMA 30

€€€

+39 06 6821 5459
+39 391 311 4523

terrazzaborromini.com/contatti

#12

MIT EINEM GLAS WEIN IN DER HAND AUF DEN STRASSEN ROMS

Ein besonderer Reiz der legendären Weinbar Il Goccetto von Sergio Ceccarelli (den hier alle Sergetto nennen), nur einen Katzensprung vom Palazzo Farnese entfernt, liegt darin, sich ein Glas Wein zu bestellen und es mit vor die Tür zu nehmen. Drinnen würde man ohnehin keinen Platz finden.

Die Antipasti einfach auf dem Dach des nächstgelegenen parkenden Autos abstellen und mit anderen Gästen plaudern. So fängt der Abend gut an ...

IL GOCCETTO
VIA DEI BANCHI VECCHI 143

+39 06 9944 8583

VINO OLIO

ZENIT

#13

STREETFOOD ALLA ROMANA AM CAMPO DE' FIORI

Am touristisch geprägten Campo de' Fiori ist es nicht leicht, gutes Essen zu finden, ohne in eine Touristenfalle zu tappen.

Wer auf Nummer sicher gehen will, begibt sich in das Forno Campo de' Fiori an der südwestlichen Ecke des Platzes. Die großartige *Pizza rossa* (rote Pizza), die hier serviert wird, hat mit der klassischen Pizza nur den Namen (und den Teig) gemeinsam. Gegessen wird das Sandwich mit Tomatensoße im Stehen – damit tut man es den Einheimischen gleich, die diese römische Institution ebenso gern besuchen.

Ein weiterer Vorteil der *Pizza rossa*: Sie kostet nicht einmal 1,50 Euro.

Wer großen Hunger hat oder Verschiedenes ausprobieren möchte, dem sei als Kontrast die *Pizza bianca* (weiße Pizza), zum Beispiel mit Mortadella, empfohlen.

FORNO DI CAMPO DE' FIORI
PIAZZA CAMPO DE' FIORI 22

+39 06 6880 6662 | fornocampodefiori.com

Forno
Campo dé Fiori
dal 1880

#14

MARITOZZO,
EINE UNWIDERSTEHLICHE VERSUCHUNG

In Rom beherrscht nicht das berühmte Croissant (ital. *cornetto*) das Frühstücksgeschehen, sondern der *maritozzo*. Dieses weiche, häufig mit Rosinen verfeinerte Brötchen wurde im 19. Jahrhundert jungen Mädchen als Verlobungsgeschenk überreicht und enthielt oft einen Ring – daher auch der Name, eine scherzhafte Abwandlung von *marito*, „Ehemann".

Die mit einer Sahnewolke gefüllte Spezialität, deren Ursprünge bis ins antike Rom zurückreichen, sollte man sich in der Retro-Feinbäckerei Regoli unweit der Piazza Vittorio Emanuele II keinesfalls entgehen lassen – auch wenn die Wahl zwischen all dem traditionellen Gebäck in der Auslage schwerfällt.

Wer es lieber herzhaft mag, findet sein Glück in einem malerischen Winkel von Trastevere: Das Maritozzo Rosso bietet eine schier unendliche Auswahl der Spezialität mit raffinierten Füllungen.

REGOLI
VIA DELLO STATUTO 60

€

+39 06 487 2812	pasticceriaregoli.com

Regoli
dal 1916
ELATERIA CAFFÈ
Regoli
PASTICCERI

PASTICCERIA
AREA
VIDEOSORVEGLIATA

IL MARITOZZO ROSSO
VICOLO DEL CEDRO 26

€

+39 06 581 7363

ilmaritozzorosso.com

Weitere Maritozzi
ROSCIOLI CAFFÈ PASTICCERIA
LARGO BENEDETTO CAIROLI 16

€

+39 06 8916 5330

rosciolicaffe.com

FOTO: MAURIZIO CAMAGNA

#15

ABENDESSEN **IM FEINKOSTGESCHÄFT**

Nur wenige Meter vom Campo de' Fiori entfernt liegt das Roscioli. Mit seiner gelungenen Einrichtung irgendwo zwischen Feinkostgeschäft und Trattoria ist es ein Muss für alle, die Rom auch über den Gaumen erkunden wollen. Aus besten Zutaten werden im Roscioli traditionelle italienische und römische Gerichte zubereitet, darunter die berühmte *Pasta cacio e pepe* (mit Käse und Pfeffer) oder die noch berühmtere *Pasta alla carbonara*. Pasta, Pecorino, eine Mischung aus exotischem Pfeffer und einer Prise Magie – das ist alles.

FOTOS: MAURIZIO CAMAGNA

ROSCIOLI
VIA DEI GIUBBONARI 21

+39 06 687 5287 | info@salumeriaroscioli.com

BIDELLO

OLIO

€58
€28,00
€58,00

#16

DIE TRATTORIA **DEINER TRÄUME**

Die Familie Palladino (Tonino im Service und Tochter Raffaella am Ofen) bereitet ihren Gästen ganz in der Nähe des alten jüdischen Viertels einen herzlichen Empfang und serviert traditionelle Küche von bester Qualität. La Vecchia Roma ist eine verlässliche Größe in Rom.

Während der Saison, also ziemlich oft, kann man auf der Terrasse wunderbar in Ruhe all die Köstlichkeiten probieren – etwa *bucatini all'amatriciana* –, die hier mit Verve zubereitet werden.

LA VECCHIA ROMA
VIA DELLA TRIBUNA DI CAMPITELLI 18

+39 06 686 4604

ristorantevecchiaroma.com

RISTORANTE
VECCHIA ROMA
R.X
VIA
DELLA TRIBUNA
DI CAMPITELLI
RIONE·X
CAMPITELLI

#17

EINKAUFEN BEI DEN BESTEN ERZEUGERN **DER CAMPAGNA ROMANA**

Nur ein Katzensprung ist es vom Circus Maximus und vom Forum Romanum zu dieser quirligen Markthalle. Wir machen es wie die Einheimischen und gehen an den einladenden bunten Ständen einkaufen.

Jedes Wochenende kommen Erzeuger aus dem römischen Umland hierher, um vergessene Kräuter, wilden Spargel, frisch gepresstes Olivenöl, römischen Chicorée, Winterartischocken oder alte Obstsorten zum Kauf anzubieten.

Eine kurze Einkehr in einfacher und geselliger Atmosphäre im offenen Hinterhof mit Blick auf das historische Stadtzentrum rundet den Marktbesuch ab.

MERCATO DI CAMPAGNA AMICA
VIA SAN TEODORO 74

+39 06 489 931

LI VAGNA
MICA·CE·SE
MAGNA
CAMPAGNA
AMICA
Il CIBO giusto
WC
Il CIBO
giusto

MERCATO
AMICO

Prodotti coltivati,
selezionati ed essiccati
direttamente da noi,
senza aggiunta
di sale, zuccheri e
Fichi
Mix Frutta
Pomodori
Pere
giusto

OFFERTA
RAPE ROSSE
€ 1,50 AL MZ
OFFERTA
MELONE RETATO SPACCARELLO
€ 1,00 KG
€ 1,20 L'ETTO
INS. TAGLIO VALERIANA
€ 0,80 L'UNO
RAVANELLI
€ 2,50
PEPERONI FRIGITELLI
€ 5,90
FAGIOLINI BOBY
€ 1,90
MELANZANE MISTE
€ 4,90
CICORIA CAMPO PULITA
€ 2,90
ZUCCHINE ROMANESCHE
PERE COSCIA
CAMPAGNA AMICA

#18

ITALIENISCHE CANZONI
IN EINEM PARK MIT BLICK AUF ROM

Der Aventin, der südlichste der sieben Hügel, auf denen das antike Rom erbaut war, bietet einen atemberaubenden Blick über die Stadt. Inmitten von Pinien liegt der schöne Orangengarten (Giardino degli Aranci).

Bei milder Witterung, also oft, trifft man hier regelmäßig bei Sonnenuntergang häufig Sänger, die den Tag zum großen Vergnügen aller Anwesenden mit alten italienischen Melodien ausklingen lassen.

GIARDINO DEGLI ARANCI
PIAZZA PIETRO D'ILLIRIA

TÄGLICH: Sonnenaufgang bis Sonnenuntergang

#19

AUF DU UND DU MIT DEN ENGELN **IN DER BASILIKA SANTI QUATTRO CORONATI**

Abseits der Touristenströme liegt auf dem Hügel Celio die befestigte Basilika Santi Quattro Coronati, eine der schönsten Kirchen Roms.

Besuchen Sie die Kirche frühabends kurz vor Ende der Öffnungszeit und bleiben Sie während des Vespergottesdienstes der Nonnen aus dem angrenzenden Kloster dort. In einer von tiefer Andacht geprägten Atmosphäre erfüllen die Stimmen der Nonnen den Raum bis ins Deckengewölbe und verbreiten eine überwältigende Stimmung von Frieden und Eintracht.

Bewundern Sie bei dieser Gelegenheit den herrlichen Boden. Er wurde während der Sanierung des Bauwerks im 11. Jahrhundert mit Marmor aus dem Forum Romanum ausgestaltet.

Vor Beginn der Vesper – zur regulären Öffnungzeit – ist der herrliche Freskenzyklus in der Silvesterkapelle des Klosters unbedingt einen Blick wert. Die Türen entlang des Kreuzgangs führen zu den Zellen der Schwestern.

MONASTERO DEI SANTI QUATTRO CORONATI
VIA DEI SANTI QUATTRO 20

+39 06 7047 5427	monachess4@gmail.com	Kapelle des hl. Silvester: Eingang rechts im ersten Vorhof. An der Eingangstür zum Kloster klingeln. Spenden sind willkommen.

20

MIT DEM RAD **AUF DER ÄLTESTEN STRASSE DER WELT**

Gerade einmal 20 Minuten vom Stadtzentrum entfernt liegt an der Via di Cecilia Metella das Caffè Appia Antica. Hier können Unternehmungslustige sich ein Fahrrad oder ein Pferd mieten und ein Stück auf der berühmten Via Appia, der ältesten Pflasterstraße der Welt, zurücklegen.

Über jahrtausendealtes Lavagestein geht es ins römische Umland, vorbei an alten Villen und zerfallenen Grabmälern, die verborgen unter Pinien und Zypressen ruhen.

Besonders empfehlenswert ist dieser Ausflug sonntags, wenn die Straße für den Autoverkehr gesperrt ist.

APPIA ANTICA CAFFÈ BICI E CAVALLI
VIA APPIA ANTICA 175

+39 06 898 7957 oder +39 338 346 5440
info@appiaanticacaffe.it
appiaanticacaffe.it

Um ein Pferd zu reservieren, rufen Sie Roberto an: +39 348 446 4094

seu
PIZZA ILLUMINATI
PIER DANIELE SEU
GOELDLIN
Chef

#21

DIE BESTE PIZZA DER STADT

Bei den Pizza Awards wurde er als bester Pizzaiolo Roms (und achtbester Italiens) ausgezeichnet: Pier Daniele Seu hat sich im Gegensatz zu vielen anderen Meistern seines Fachs darauf verlegt. Bei Seu Illuminati ist nichts normal – vor allem nicht die Pizza mit dem hohen, breiten Rand, die von den Neapolitanern *canotto* („Schlauchboot") genannt wird und von der römischen Tradition weit entfernt ist: dort bevorzugt man den Rand dünner.

Besonders ans Herz legen möchten wir Ihnen in dem Lokal in der kleinen Straße in Trastevere die *Pizza fior di cotto* (mit Kürbisblüten, Rahm, Büffelmilchkäse, Kochschinken, Meerwasser und Olivenpulver) oder die vegetarische *Pizza Basilicata Coast to Coast*.

FOTOS: BEATRICE MENCATTINI

SEU PIZZA ILLUMINATI
VIA ANGELO BARGONI 10

€€

+39 06 588 3384 | seu-pizza-illuminati.business.site

in pizza we trust

„PIZZA IST LIEBE“

Pier Daniele Seu sagt: „PIZZA ist für mich Liebe, Farbe und Poesie. LIEBE, weil sie ein bedingungsloses Gefühl auslöst, das für mich einhergeht mit Begriffen wie Sanftmut, Leidenschaft, Kreativität. Zeit und Energie aufbringen, um etwas zu erschaffen, was einen bei jedem Bissen anrührt. FARBE, weil in meiner Vision von Pizza auch die Ästhetik eine wichtige Rolle spielt. Es macht mir Spaß, immer neue Kombinationen für raffinierte Beläge zu erfinden. POESIE, weil ich ja mit der Natur und ihren Erzeugnissen spiele. Die Zutaten müssen bei jeder Pizza andere Reime ergeben.“

#22

DIE PERFEKTE **CARBONARA**

Mit 20 000 frischen Eiern, die hier Jahr für Jahr zur *Pasta alla carbonara* verarbeitet werden, gilt das Eggs seit einiger Zeit als DER Spezialist dieses legendären Gerichts.

Bioeier aus nachhaltiger, fairer Landwirtschaft und Eier von Huhn, Gans, Strauß oder Stör finden hier eine neue Bestimmung. Auf der Karte stehen neben Flan, Creme oder Zabaione auch Meeresfrüchte, Kaviar und natürlich Carbonara, die im Eggs in neun Variationen angeboten wird.

EGGS
VIA NATALE DEL GRANDE 52

+39 06 581 7281

eggsroma.com

Gelatina di Martini bianco
Tuorlo di quaglia
Perle di yuzu
IN TRASPARENZA
Zabaione salato
Tartufo nero
SAN BAYLON
Tonno
Alici
Nocciole tostate
Rosso d'uovo sodo
Limone
TONNATO
Crema di pecorino
Zucchine marinate con mentuccia
Bottarga di gallina
CRACCATO
Burrata
e
uova di
salmone
NON UOVO
Caviale
Erba cipollina
Patate
IL GUALTIERO

#23

EIN KEKS **WIE EINE ZEITREISE**

In einem ruhigen Winkel von Trastevere stoßen wir auf Biscottificio Artigiano Innocenti, eine traditionelle Keksbäckerei mit feinen Köstlichkeiten, die in einem alten Ofen aus den 1950er-Jahren entstehen. Treten wir über die Schwelle und lassen uns von Stefania, die das gemütliche Geschäft in vierter Generation führt, auf eine Zeitreise mitnehmen.

Der Star unter den Keksen: *brutti ma buoni* („hässlich, aber gut"). Unbedingt probieren!

€

BISCOTTIFICIO ARTIGIANO INNOCENTI
VIA DELLA LUCE 21

+39 06 580 3926

QUI NON SI USANO
GRASSI
ANIMALI !

PUCCI
MULINO A PIETRA NATURALE
DELLA LANGA

#24

EIN GEFÜHL **WIE AN EINEM SONNTAG AUF DEM LAND**

Inmitten der herrlichen Gärten der Villa Doria Pamphilj, kaum zehn Autominuten südlich des Stadtzentrums, bietet das Vivi Bistrot seinen Gästen fertig gepackte Picknickkörbe zum Mitnehmen an. Eine wunderbare Idee – einfach vor Ort abholen und zu Fuß oder mit dem Fahrrad ab in die weitläufigen Gartenanlagen der Villa! Ein Plätzchen suchen und wie an einem Sonntag auf dem Land entspannt die Seele baumeln lassen ...

Wer lieber am Tisch isst: Die Gartenterrasse ist wundervoll. Abends empfängt das Vivi Bistrot seine Gäste zum Essen bei Kerzenschein in den alten Stallungen des Parks.

FOTOS: SAGHAR SETAREH

VIVI BISTROT
VILLA DORIA PAMPHILI
VIA VITELLIA 102

€€

+39 06 582 7540

vivibistrot.com/en/picnic-2

VIVI
BISTROT

#25

EIN BISTRO IN **EINER FISCHHANDLUNG**

Rund zehn Autominuten von der Altstadt entfernt liegt das Meglio Fresco, eine sympathische Fischhandlung, die sich zur Mittags- und Abendzeit in ein fantastisches Restaurant für Fisch und Meeresfrüchte verwandelt.

Sobald die Inhaber Arturo und Mary die Läden ihrer Fischhandlung heruntergelassen haben, stellen sie vor den Auslagen ihrer Tagesfänge Tische auf, an denen sie ihre Gäste mit Spezialitäten wie einer Brokkolisuppe mit Rochen, Spaghetti mit Seeigel oder Hummer auf katalanische Art sowie hervorragenden Weinen verwöhnen.

Wahre Glücksmomente.

MEGLIO FRESCO

Roma Boccea Via di Boccea 350a +39 06 663 5411	**Roma Vigna Clara** Via Pompeo Neri 42 +39 06 3974 4119	megliofresco.it

48.00

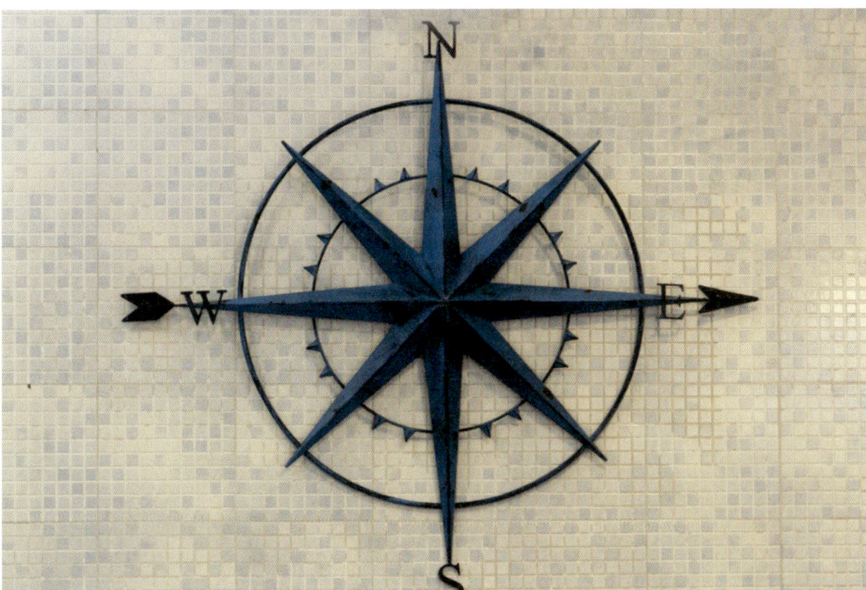
N
W
E
S

- FULVIO PIERANGELINI -

PERFEKTION IN DER EINFACHHEIT

Nachdem Fulvio Pierangelini, in den Augen vieler der beste (ja, Sie haben richtig gelesen: der beste) Küchenchef Italiens, alle Sterne erobert und alle Kritiker verzaubert hatte, schloss er sein Restaurant und begann als Creative Director of Food für die Rocco-Forte-Gruppe seine Reise um die Welt. Inzwischen ist er, den bei Liebhabern noch immer der Glanz seines außergewöhnlichen Rufs umgibt, nach Rom zurückgekehrt: zunächst als Küchenchef des Hotel de Russie, seit Kurzem auch des Hotel de la Ville.

Fulvio, deine Küche duftet nach Jasmin und Orange. Welchen Duft hat denn Rom?

Rom lehrt uns die Kunst der Verführung. Die Stadt schult auf ihren Märkten unseren Geschmack: Mit den unzähligen Blattgemüsen und Kräutern lassen sich vermeintlich einfache, alltägliche und bisweilen weithin bekannte Gerichte zubereiten, wenn man auf seine Sinne vertraut, wie das häufig Frauen instinktiv tun. Ich würde also sagen, Rom hat vor allem den Duft erlesener Zutaten.

Was bedeutet es für dich, in Rom geboren zu sein und hier Politik studiert zu haben?

Ich bin einerseits Römer und damit Sohn eines vielfältigen und komplexen kulturellen Konstrukts. Andererseits strebe ich nach Perfektion in der Einfachheit und nach Öffnung hin zum Rest der Welt. Ich war jahrzehntelang nicht gereist, ich hatte Flugangst. Heute bin ich ständig unterwegs. Ich bin ein ausgesprochener Fan von *Pasta al pomodoro* oder *alla parmigiana* und von *Vitello tonnato*, liebe es aber genauso, mit orientalischen Gewürzen zu spielen.

Gibt es für dich kulinarische Tabus?
Ich mag die Banalität der heutigen Küche nicht, die danach strebt, der Bourgeouisie durch sinnentleerte Maßlosigkeit zu imponieren. Ich hasse Begriffe wie „Destrukturierung", „Neuinterpretation" oder „Feinschmecker". Mir geht es darum, die Einfachheit zu wahren und den Kompass dafür, was „gut" ist, korrekt auszurichten – egal, ob ich in kleinem Rahmen für internationale Prominenz koche oder ob meine Gerichte in den Häusern serviert werden, die ich leite.

Wie würdest du dich charakterisieren?
Dynamisch, launisch und rigoros.

MOSAICO €€€
Via Sistina 69
+39 06 9779 3710
Täglich abends im zweiten Stock des Hotel de la Ville. Eingang durch den Innenhof des Hotels oder über den Bankettsaal

DA SISTINA €€-€€€
Via Sistina 69
+39 06 9779 3710
Täglich

#26

EIN VATIKANBESUCH **OHNE TOURISTEN**

Die Vatikanischen Museen sind zweifelsohne großartig. Ein Besuch inmitten Tausender Touristen kann einem die Freude daran jedoch leicht verderben.

Wer diesen erhabenen Ort mit der gebührenden Ruhe und Magie besuchen möchte, dem empfehlen wir, eine Führung zu buchen, bei der die Türen für die Gruppe von sechs bis acht Personen (oder je nach Budget auch für Sie allein) bereits eine Stunde vor dem allgemeinen Einlass geöffnet werden.

Eine Besichtigung auch jener Räume, die der Öffentlichkeit normalerweise vorenthalten bleiben – *Gabinetto delle Maschere* (Kabinett der Masken) oder *Sala degli Animali* (Saal der Tiere) – kann ebenfalls bei den genannten Fremdenführerinnen gebucht werden. Mehr wird nicht verraten.

KONTAKT

Carolina Vincenti: cvincenti@inwind.it
(Italienisch, Englisch und Französisch)
Francesca Corsi: francescacorsi@yahoo.com
(Italienisch, Spanisch und Portugiesisch)

Paola Lauro: paolalauro@tiscali.it
(Italienisch, Englisch und Französisch)

MVSEI VATICANI

#27

LA DOLCE VITA **IM SCHATTEN DER ENGELSBURG**

Es gibt in Rom nicht allzu viele Terrassen, auf denen man von knatternden Scootern und Heerscharen von Touristen verschont bleibt. Die Bibliobar am Tiberufer, direkt gegenüber der Engelsburg, bietet genau das: entspanntes Ambiente bei einem Panino mit *porchetta*, knusprigem Schweinerollbraten, dazu einen Caffè, Smoothie oder Cocktail. Zum Lesen noch die aktuelle Tageszeitung oder eines der Bücher aus den Regalen der Bar. Ein kostbarer Moment Dolcefarniente. Einfach himmlisch.

FOTOS: LAURA SBARBORI

BIBLIOBAR
FEDERAZIONE ITALIANA INVITO ALLA LETTURA
LUNGOTEVERE CASTELLO

+39 340 941 9288 | invitoallalettura.org/bibliobar-bouquinistes

Biblio
Aperol
Select
HUGO
6,00
Pesca
€ 7,00

NEL
nutella
BIBLIOBAR
Peroni

Libertà
Eguaglianza
Le università napoleoniche
D'ANNUNZIO
ARIOSTO
LEOPARDI
EDGAR A. POE
SCHILLER
SHAKESPEARE
GOLDONI
MOLIÈRE
MILTON

#28

DAS IDEALTYPISCHE **RÖMISCHE BISTRO**

Nur ein paar Schritte vom historischen Stadtzentrum entfernt setzt Arcangelo Dandini im herzlichen Ambiente seines Restaurants alte Rezepte aus dem Rom der Päpste himmlisch in Szene.

Trotz der eher gehobenen Küche ist das Arcangelo ein durch und durch authentischer Ort, an dem man sich ganz dem Genuss römischer Klassiker wie *Cacio e pepe*, *Spaghetti carbonara* oder der einfach unwiderstehlichen *Polpette* hingeben kann.

FOTOS: MARIO GIANNI

L'ARCANGELO
VIA GIUSEPPE GIOACHINO BELLI 59

+39 06 321 0992 | larcangelo.com

La cuisson

FUORI CARTA
€ 30,00
VINI
BIANCHI
CHAMPAGNE
ROGER COULON

#29

EIN LAUF **UNTER GÖTTERN**

Nach stundenlangen Märschen durch die Vatikanischen Museen packt den ein oder anderen vielleicht die Lust, wirklich ein wenig Sport zu treiben. Einer der schönsten Orte für einen entspannten Lauf ist das Stadio dei Marmi (Marmorstadion), wo man unter den Augen von 64 monumentalen Statuen, die Athleten im klassischen Stil darstellen, die Schritte automatisch länger werden lässt.

Der imposante Bau wurde 1928 als Foro Mussolini errichtet und 1932 zur Feier des Wettkampfgeists unter der Herrschaft des Duce eingeweiht. Die Statuen ragen vor dem satten Grün des Monte Mario, dem im Stil der 1930er-Jahre erbauten Außenministerium und dem in der Ferne gelegenen Tiber in die Höhe. *Mens sana in corpore sano*. Und obenauf eine Portion atemberaubende Schönheit.

Zwei weitere Gegenden in der Nähe der Altstadt bieten sich ebenfalls für eine sportliche Laufeinheit an: die Umgebung des Circus Maximus und das Tiberufer.

FOTOS: MARIO GIANNI

VIALE DELLO STADIO DEI MARMI

+39 06 324 0334 +39 331 946 7228	marmi@fidallazio.it	Eintritt frei

PIETRO
MENNEA

#30

AUSFLUG ZU EINER DER **SCHÖNSTEN VILLEN ITALIENS**

Rom hat derart viel Pracht zu bieten, dass man bei einem Besuch von nur wenigen Tagen nicht unbedingt auf die Idee kommt, die Stadt auf der Suche nach Sehenswürdigkeiten zu verlassen. Dabei kann eine kleine Flucht vor Großstadttrubel und Touristenströmen für wahre Glücksgefühle sorgen – erst recht, wenn man zur Villa Farnese in der kleinen Ortschaft Caprarola fährt, die eine gute Stunde nördlich von Rom liegt.

Das im 16. Jahrhundert für die gleichnamige Familie errichtete Renaissance-Bauwerk von überwältigender Schönheit (offizieller Name: Palazzo Farnese di Caprarola) ist fraglos eine der prachtvollsten Villen Italiens. Allein die monumentale Königliche Treppe *(Scala Regia)* und der Landkartensaal (*Sala del Mappamondo* von Giovanni Antonio da Varese, genannt Venosino), zwei absolute Meisterwerke, machen den Besuch dieses magischen Orts zu einem außergewöhnlichen Erlebnis.

Weiterer Vorteil: Die Villa samt ihrer herrlichen italienischen Gärten wird erstaunlicherweise von vielen Touristen links liegen gelassen, sodass man die Anlage meist fast für sich allein hat.

VILLA FARNESE
PIAZZA FARNESE 1
01032 CAPRAROLA VT

visitcaprarola.it/en/luoghi-da-visitare/edifici-storici/palazzo-farnese

Die 31. Adresse wird in der „Soul of"-Reihe nicht verraten. Sie ist einfach zu vertraulich. Finden Sie selbst heraus, wohin es geht.

#31

EIN HEIMLICHER **DRINK**

Der US-Amerikaner Jerry Thomas (um 1830–1885) gilt gemeinhin als Erfinder des Cocktails in seiner modernen Form. Nur wenige Schritte von der Chiesa Nuova entfernt trägt heute eine Speakeasy-Bar am Vicolo Cellini seinen Namen – die Hausnummer müssen Sie allerdings selbst herausfinden.

Gehen Sie zuvor noch im Internet auf die Suche nach dem Passwort, das Sie am Eingang benötigen. Nur damit kommen Sie nämlich in den besonderen Genuss, an diesem schönen Ort im 1920er-Jahre-Design einen Cocktail zu schlürfen.

FOTOS: JERRY THOMAS

JERRY THOMAS
VICOLO CELLINI

Jerry Thomas
Dentista

LETTES

RONGS

Vielen Dank an Paolo Scotto di Castelbianco für das Teilen seines tiefen Wissens über Rom.

An diesem Buch haben mitgewirkt:
Carolina Vincenti, Autorin
Sofia Bernardini und Claire de Virieu, Fotografien
Yasmine Awwad, Umschlagfoto
Clara Mari, Illustratorin
Emmanuelle Willard Toulemonde, Layout
Tanja Felder, Übersetzung
Christiane Manz und Karin Leonhart, Lektorat & Redaktion
Clémence Mathé, Konzeption

Schreiben Sie uns an contact@soul-of-cities.com
Folgen Sie uns auf Instagram unter @soul_of_guides

DANKE

Pflichtexemplar: April 2022 – 1. Auflage
ISBN: 978-2-36195-383-6
Gedruckt in der Slowakei bei Polygraf